문익호 시집

이.제.는

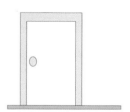

시사랑음악사랑

현실을 풍자하는 시인 문익호 시인

문익호 시인에 대해 말하라고 한다면 One Source Multi Use라는 단어가 가장 잘 어울리는 노력하는 시인이라고 말하고 싶다. 감성적인 사람과 이성적인 두 사람이 같은 주제를 가지고 詩作을 했을 때 그 작품은 사뭇 다른 견해를 보일 것이다. 흔히 독자들이 말하기를 감수성이 풍부한 사람 즉 감성적인 사람들이 예술적인 감흥이 많아 시인이 된다고들 한다. 그런 타고난 감각이 없다면 다양한 성향의 사람에게 감동을 줄 수 있는 작품을 쓰기란 어려운 일이기에 시인은 어렵고 고독한 작업을 하고 있는지도 모른다. 문익호 시인은 이런 예술적인 감각을 잘 보여주고 있다. 시인은 사랑을 노래하면서도 시인 자신의 자아 존중감을 잃지 않고 보다 광범위하고 포괄적인 대상으로 시를 아니 문학 자체를 사랑하는 사람이다.

문익호 시인의 제호 "이제는"에는 제목에서 주는 의문과 질문이 시적 발화가 되어 점묘법으로 그린 사랑을 보는 느낌이 들면서 살아 있는 담론으로 궁금함을 유발한 내용이 신선하다. 시인이 그려놓은 작품들을 감상하다 보면 시인의 인생을 훔쳐보는 것뿐만 아니라, 서정적인 허구에서 벗어난 초현실적인 접근법을 가진 예술적 감각도 함께할 수 있을 것이다. 풍부한 지식을 바탕으로 시작을 하지만 끝없이 노력하면서 색다른 형태의 시작을 보여주는 시인이다. 그래서 그런지 문익호 시인의 작품에서는 섬세함으로 인간의 미묘한 심리 변화를 시적(詩的) 감각의 묘사를 통해 감각적으로 그린 서정성을 내포한 작품을 많이 접할 수가 있다. 문익호 시인만의 독특한 화법으로 전개해 나가는 작품을 독자와 함께할 수 있어 기쁜 마음으로 시집 "이제는"을 추천한다.

사단법인 창작문학예술인협의회 이사장 김락호

시집 출판 축하 글

■ **구본창** 시인의 눈을 따라가며 자연, 세상과 희로애락을 함께 하다 보면, 웃음이 피어납니다.

■ **김수미** 아름다운 이야기가 곱게 숨겨져 있는 참 고운 시집입니다.

■ **김용우** 봄날 아침 햇살같이, 두 손 꼭잡은 달빛 아래 연인 같이 다정한 시집출간 축하합니다.

■ **이동하** 시는 진실을 담아야 하고, 삶에서 우러나와야 한다. 시인은 속삭이듯 진실을 말하고 있습니다.

■ **이명주** 시『눈 내리는 산사』는 서정적인 자기 세계를 형상화한 아름다운 작품입니다. 시인의 시선이 먼 데 있지 않고, 늘 우리 삶 가까이서 울림 있는 목소리로 기록되기를 기대합니다.

■ **이 현** 시인의 시는 영상을 보듯 선명하고 온화한 감동을 주며, 어떤 문제는 해결 방법까지 암시하고자 노력하고 있습니다.

■ **장선희** 잔잔한 시에서 상대를 배려하는 자상함이 보이고, 시인의 따뜻한 마음도 전해집니다.

■ **황진하** 유유히 흘러가는 삶의 한순간들을 한 폭의 그림처럼 담아서, 공감할 수 있게 해줍니다. 시집 출판을 축하드립니다.

시인의 말

　계곡물에 발 담그고, 윤기 나게 흐르는 물을 바라보듯이, 그 속에 송사리 떼가 오가고, 돌멩이가 반질거리고, 낙엽이 떠내려가고, 햇빛이 반짝이는 모습을 구경하듯 제 시를 구경하면 좋겠습니다.
그러다가 가슴에 쿵 하는 것이 있으면, 한 번 더 읽어보는 독자를 기대합니다.

　이렇게 한 권의 시집을 만들어낼 수 있도록 도움을 준 나의 친구들에게 고마운 마음을 전합니다.

2018년 5월
시인 **문익호**

QR 코드 스마트폰으로 QR 코드를 스캔하면 시낭송을 감상할 수 있습니다.

제목 : 겨울 바닷길
시낭송 : 박영애

제목 : 겨울 연인
시낭송 : 김지원

제목 : 관동팔경 월송정
시낭송 : 김지원

제목 : 그리움이
　　　 하얀 눈을 털며
시낭송 : 최명자

제목 : 꼬깃꼬깃한 마음
시낭송 : 장선희

제목 : 나 그렇게 살고 싶어
시낭송 : 최명자

제목 : 노부부 봄나들이
시낭송 : 박태임

제목 : 능소화
시낭송 : 박영애

제목 : 다시 꿈꿀 수 있을까
시낭송 : 박영애

제목 : 당신이 내 곁에 없을 때
시낭송 : 김기월

제목 : 덕수궁 연가
시낭송 : 최명자

제목 : 떨어진 동백이
　　　 더 붉은 이유
시낭송 : 김지원

제목 : 마음의 신호
시낭송 : 김지원

제목 : 목련꽃
시낭송 : 박순애

제목 : 부평초 연가
시낭송 : 장선희

제목 : 산에 올라
시낭송 : 김정애

 제목 : 새로 맞이할 봄
시낭송 : 박순애

제목 : 서촌 골목길
시낭송 : 최명자

 제목 : 속 깊은 눈물
시낭송 : 박영애

 제목 : 속상한 마음
시낭송 : 박영애

 제목 : 슬퍼마라 황혼이여
시낭송 : 문익호

 제목 : 여름 숲
시낭송 : 박태임

 제목 : 옛살비 언덕에 올라
시낭송 : 김혜정

 제목 : 이런 친구
시낭송 : 박순애

 제목 : 이제는
시낭송 : 최명자

 제목 : 제천 시장 건널목에서
시낭송 : 최명자

 제목 : 조바심
시낭송 : 박영애

 제목 : 짝사랑
시낭송 : 김지원

 제목 : 춤추는 마음 따라
시낭송 : 박순애

♣ 목차

♣ 목차

♣ 목차

♣ 목차

별님 달님

반짝이는 초록별 위로
둥실 떠오른 해맑은 달님

빙그레 웃으며
비단구름 속 숨어보지만
감출 수 없는 반가움에
살포시 얼굴 내민다.

너는 초록별
나는 달님

이름 모를 들꽃

사실
나도 이름 있는 들꽃
다만
너도 내 이름 모를 뿐

괜찮아

맑은 햇살
산들바람
풀벌레와 친구 하는
나름 꽃다운 청춘이라네.

봄향기 한 접시

하늘호수에
따스한 햇살 가득하고,
고요한 산사에는
대나무 스치듯 울리는 소리 청량하다.

청량한 소리결 타고
겨우내 얼어붙은 내 가슴에
봄향기 한 접시 사뿐히 놓인다.

눈 내리는 산사

자그마한 산사에 겨울이 들어섰다.

당그랑 풍경소리
향 내음 가득한 법당에서는
흔들리는 촛불이 삼천 배 한다.

산사에 놓고 갔을 사연들
진눈깨비 눈물 되어 쌓이고,
적막하게 쌓이기만 하는 무심함에
불상은 앉은뱅이-
하늘은 허공-하며 소리쳐보지만
돌아오는 것은 빈 메아리뿐이다.

눈 내리는 산사에
벗어놓고 간 애잔한 마음들
실눈 뜬 부처님이 다독다독 눈으로 덮는다.

떨어진 동백이 더 붉은 이유

붉은 동백꽃이 혼자 속삭인다.
나는 네가 좋아
그 누구보다 당신을 사랑해요.

봄 햇살 유혹하고 싶어
황금빛 그리움 빨갛게 달뜬 가슴으로
하얀 겨울눈 속에서도 포근한 봄날을 바라본다.

동백 꽃잎 사이로
직박구리 동박새 야단법석 분주히 넘나들고
싱그런 햇살이 포근하게 감싸주는 세월 그려본다.

쌀쌀맞은 꽃샘추위에
황금빛 그리움 빨갛게 멍들고
차가운 겨울눈 속에서도 모질게 견디었건만
그렇게 훌쩍 떠날 수밖에 없었나 보다

송이송이
툭 떨어진 자리
추한 꼴 보이지 않으려
흐드러진 꽃길 스스로 만들었을까

떨어진 동백이
더 붉게 타오르는 이유가
많이 울어서일 거라는 애틋함에

그 누군가
떨어진 동백
한 송이 두 송이
반듯한 돌 위에 올려놓았다.

제목 : 떨어진 동백이 더 붉은 이유
시낭송 : 김지원
스마트폰으로 QR 코드를 스캔하면
시낭송을 감상할 수 있습니다.

꼬깃꼬깃한 마음

꼬깃꼬깃 접힌 마음을
애써 펴보건만
다시 확 치솟는 불길.
한바탕 또 볶아보지만
역시 내 마음만 아프다.

아픈 마음 달래다가
그래, 내가 바보야 하며
이 나이에도 자주 한탄한다.

살아오면서 겪은
바보 경험을 걸어두는 나무 그늘에서
신발을 탈탈 털고 쓴 경험 하나 또 걸어둔다.
이제는 열매 가득한 감나무 같다.

이렇게 걸고 나면
꼬깃꼬깃하던 마음에 맑은 물 찰랑거린다.
생각해보면, 저 열매 모두 쓴 보약이다.
이제는 가끔 귀하게 나누어주기도 한다.

제목 : 꼬깃꼬깃한 마음
시낭송 : 장선희

스마트폰으로 QR 코드를 스캔하면
시낭송을 감상할 수 있습니다.

그리움이 하얀 눈을 털며

웬일인지
잠 못 이루는 늦은 밤,
흘러간 음악을 들으며
문득 창밖을 보니
하얀 눈이 펑 펑 옵니다.

함박눈에 대한 설레임은 많이 사라졌지만
아쉬움과 그리움이 하얀 눈을 털며
내 마음의 문을 열고 들어옵니다.

눈앞에
그리운 그 사람이 보이고
그날 함께 들었던 바로 그 노래가 들려옵니다.

가만히 눈을 감고
가슴에 묻었던 그리움 바라보니
작은 눈물방울 반짝입니다.

눈 내리는 밤
속 깊은 그리움과 함께
흘러간 음악을 들으렵니다.

 제목 : 그리움이 하얀 눈을 털며
시낭송 : 최명자
스마트폰으로 QR 코드를 스캔하면
시낭송을 감상할 수 있습니다.

잔치 마당

프라이팬 기름이 짜그르르 튄다.

얇게 부쳐 그래야 맛있어
뜨거운 거 겹치지 않게 널어놓고
우선 한 점씩들 먹어봐
간이 맞는지 모르겠다
경로잔치 마당에서 전 부치는 풍경이다.

막걸리 한잔 없어
안주가 푸짐한데 술이 없네
모두 까르르 웃는다
난 맥주 하며 깔끔이 아줌마 살짝 손들고
낭만파 이쁜 아줌마는 난 커피
주문도 가지가지다
알았어 갖다 줄게
모두 입과 손놀림이 분주하다.

전 부치다가
문득 얄미운 서방 얼굴 떠올라
휙 공중제비로 뒤집고
자식 타령 사랑 타령
그래도 이야기 끝엔 어김없이 한바탕 웃고 넘긴다.

경로잔치 마당에 봉사 와서
속 응어리 모두 반죽에 부쳐내고
넉넉히 남은 전은
각자 가져갈 만큼씩 싸가라고 하니
타령으로 깨끗이 비운 넉넉한 가슴에
서방 얼굴 애들 얼굴 싸며 싱글벙글한다.

가을 하늘이 참 맑다.
내 마음같이

옛살비 언덕에 올라

삶이 팍팍한가 보다
옛살비 그리운 걸 보니.
삶을 모르던 나이
그저 먹을 것, 놀거리와 엄마가 모두인
그 다박머리가 그립다.

새콤한 싱아
달콤한 딸기 어울려 따먹고,
깜부기 까만 입을 바라보며
서로 깔깔대던 마을 꼬맹이들.

비 온 뒤꼍에서 잡은 달팽이 한 움큼
쪽마루 그릇에 놓아두었다가
꿈틀꿈틀 뿔난 달팽이 떼에 깜짝 놀라던
도담도담 다박머리도 빙긋이 떠오른다.

그 다박머리는
떠났던 옛살비 찾아
옛 그림자 떠올리며,
팍팍한 삶 촉촉하게 다독인다.

옛날 엄마 아욱국 참 맛있었는데,
뭉근한 마음으로 옛살비 언덕에서
팔베개하고 빈 하늘 따라가니
설핏 "밥 먹어라" 소리쳐 부르는
엄마 목소리 울려온다.

제목 : 옛살비 언덕에 올라
시낭송 : 김혜정

스마트폰으로 QR 코드를 스캔하면
시낭송을 감상할 수 있습니다.

얼큰한 노을

편안한 친구들과
둘레길 함께 걸으며 두런두런하고

부추전 도토리묵 한 접시에
막걸리 한잔 걸치며 하하 호호 함께 하니

우리 저녁노을
얼큰하게 익어간다.

당신이 내 곁에 없을 때

늦은 밤
현관문을 열고 집에 들어선다.

캄캄하다.

거실에 불을 켜고
보일러도 켜고
겉옷을 벗어 걸쳐놓아도
아무런 인기척이 없는 집.

사람 소리 채우려 TV를 틀었다.

나 혼자라는 현실이
내 곁에 당신이 없다는 허전함이 또 몰려온다.
쏟아져 나오는 욕실의 뜨거운 물세례 속에서
갑자기 뜨거운 눈물이 터졌다.

캄캄한 사막에 당신 없이 홀로 서 있는 나.
별 하나 없는 적막한 사막에
작은 촛불 하나 켠다.
반짝이는 촛불이 살짝살짝 일렁이면
당신이 살짝살짝 웃으며 말하는 것 같아

여보! 우리 포도주 한잔할까
붉은 와인 잔이 반짝반짝한다.

제목 : 당신이 내 곁에 없을 때
시낭송 : 김기월

스마트폰으로 QR 코드를 스캔하면
시낭송을 감상할 수 있습니다.

25

장대 빗방울 소리치다

사선을 그리며 퍼붓는 장대비가
유리창을 세차게 두들긴다.
마당에 쉼 없이 튕기는 빗방울이
나에게 소리쳤다.

이봐

유리창 안에서 멀뚱멀뚱 앉아있기만 할 거야?
세상은 그저 바라보는 게 아니라고
때가 되면 그깟 비닐우산도 던져 버리고
멋지게 즐기며 온몸을 던지는 게야
보라고, 살아있는 내 춤사위를

먼 천둥소리가
빠바바방 빠바바방
베토벤 운명처럼 내 귓가에 메아리친다.

내가 아직 젊은가 봐 하는 생각에
시원하게 장대비 맞이하러
유리문 열고 나간다.

요지경 세상살이

거들먹거리던 호화 유람선
거친 풍파에 하나둘 사라지고,
초라하지만 정겨운 쪽배
잔잔한 호수에서 찰랑찰랑 잘도 노닌다.

영업 끝나면 철퍼덕 신세인
쇼핑몰 바람 풍선이
위풍당당하게 난세 영웅인 양 막춤 추고,

요지경 세상살이
조신하게 살아가려 해도
막무가내 세월이 또 앞을 가로막는다.

네가 좋은 이유

이제는
40도에서 펄펄 끓는 사람들
모든 것이 큰일인 사람들,
마주하기 지친다.

이제는
편안한 사람들이 좋다.
긴장 안 해도 되고
지금 나누고 있는 말
기억 안 해도 뒤탈 없는
그런 편안한 사람들이 좋다.

그래서
나는 네가 참 좋아.

부평초 연가

잔잔한 물결 위로
바람결 따라 떠다니는
작은 부평초 개구리밥,
달랑 잎사귀 하나뿐인 몸이지만
암수 따로 사랑 찾고 하얀 꽃 피우네.

알알이 떨어지는 연분홍 벚꽃만큼
화려하지는 못해도,
연초록 풀잎 개구리밥은
따사로운 햇살
반짝이는 물결 따라 떠다니며
아쉬울 것 하나 없네.

입가에 개구리밥 붙이고
물 위로 떠오르는 청개구리
개굴개굴 노래하네.

누가 떠도는 부평초라 가엾다 하나
작은 행복 크게 즐기는 부평초
나는 정말 부럽기만 하네.

제목 : 부평초 연가
시낭송 : 장선희

스마트폰으로 QR 코드를 스캔하면
시낭송을 감상할 수 있습니다.

나는 네가 좋아

시원 달콤한 아이스크림 손에 들고
둘이 걷는 저녁 강변길,
노을이 참 좋다.

풋풋한 마음에
하늘하늘 강아지풀
그 촉감을 손바닥으로 느낀다.

황금노을이
내 마음 같구나 하니
내 마음은 황금물결인 걸 한다.

훅 불어와 안기는
황금물결 강바람이 정말 시원하다.

황혼

이젠 할 일 없다
고개 떨구지 마라

사라지는 기억에서
사무친 그리움 반짝이듯
사라지는 석양은
또렷한 샛별 되어 반짝이리.

다시 꿈꿀 수 있을까

삶의 상처 두렵고
스스로 연민에 갇힌 채
막막하게 혼자 가는 길,
문득 다가오는 환한 햇살에
쉽게 다가가지도 외면하지도 못하고
서성이며 망설망설.

햇살이 밝을수록
내 그림자 짙게 드리우고
삶의 상처 아려온다.

무의식 속에 머문 내 발걸음,
문득 그 자리에서
가랑비에 촉촉한 내 마음을 본다.

이제는 잿빛 문 열고
다시 꿈꾸는 설렘으로
환한 햇살 향해 날아가련다.

제목 : 다시 꿈꿀 수 있을까
시낭송 : 박영애

스마트폰으로 QR 코드를 스캔하면
시낭송을 감상할 수 있습니다.

왕릉에서 만난 봄 햇살

왕릉에서
파란 하늘 하얀 구름 바라보며
고즈넉하게 누워있던 봄 햇살이
날아가는 한 마리 나비를 바라본다.

심심하던 봄 햇살,
나비 날개에 올라타며
꽃향기 찾아 나풀나풀 놀러 다니고,
연초록 나뭇잎에도 올라앉았다가
산들바람에 파도 피하기 놀이하며
팔랑팔랑 나뭇잎 사이를 뛰어다닌다.

알록달록 새들도
팔랑팔랑 초록햇살 따라
나 잡아봐라 숨바꼭질하고,
잔잔한 들꽃도
나도 여기요 하며 손 흔드니
초록 햇살 날아다니며 반갑다한다.

적막하기만 하던 왕릉 숲에서
떠들썩한 숲 친구들 바라보니
어느새 날아온 초록햇살이 내 얼굴 간지럽힌다.

가끔은 마음이

가끔은
마음 허전할 때나
마음 비워야 할 때가 있다.

이른 봄 바닷가 빈 그네를 찾았다.
삐꺽 삐꺽 그네 소리에
철썩 철썩 파도 소리가 장단 맞춘다.
그래 그래 내 마음 알아줘 고맙다.

모래밭 수많은 발자국 보고
같은 마음 많이들 왔구나
후련한 마음으로 씩 웃었다.

이른 봄 바닷가
내 마음 알아준 친구,
파도와 함께 한참을 걸었다.

혼자 눈뜨는 새벽

새벽 3시
어김없이 떠지는 눈,
무덤 속 같은 집이 싫어
혼자 컴컴한 산으로 걸어간다.

텅 빈 새벽길
소리 내서 혼자 말할 수 있는 길,
혼잣말이라도 하면
그리운 얼굴 떠올라 새벽길이 훤해져서
놓쳐버린 처자식에게 오늘도 한참 혼잣말한다.

말하고 싶어 탑골공원에도 가보고
같이 밥 먹고 싶어
도서관 휴게실 한쪽에서 밥도 먹어보고
쓸 데도 없는 교양서적 보다가 까딱까딱한다.

그래도 잠잘 곳 있고
혼자 먹을 밥은 있으니
그만하면 행복한 노후라 하네
아~ 밤에 잠이나 좀 길게 잘 수 있으면 좋으련만.

고목에 꽃이 피면

겨우내
북풍한설 휘몰아치던 숲,
여기저기 부러지고 시커멓게 변한 큰 나무
죽은 듯 서 있다.

가느다란 나무들은
바람 타고 윙윙거리고
생기 잃은 고목은
그저 그 칼바람 다 맞고 있다.

푸른 달빛이 하얀 눈밭을 적시던 날
달님이 눈밭에 조용히 써 내린 진실은
달밤 삽살개 소리에 파묻히고

어느 봄날
고목에 꽃이 피면
더 아름다운 꽃 가득한 청춘 거목되리.

겨울 연인

고궁 찾은 겨울 연인,
밤새 내린 함박눈에
포근한 세상 온 듯하다.

인적 없는 눈밭
눈부시게 가득한 눈꽃
윤기 나는 전각 고드름이
두 연인을 빙빙 돌고
현기증에 두 손을 꼭 잡는다.

포근한 눈밭에
함께 첫발자국 만들며 행복하고
눈꽃은 간간이 은가루 날려 축복한다.
사랑의 징표 그려보고
눈싸움하는 산토끼도 되어본다.

벌렁 눈밭에 누워보니
하늘 가득한 눈꽃은
보고 있어도 설레는 너의 얼굴뿐
아담과 이브라 이름 새긴
겨울 연인은 포근한 눈사람 되었다.

제목 : 겨울 연인
시낭송 : 김지원

스마트폰으로 QR 코드를 스캔하면
시낭송을 감상할 수 있습니다.

나 그렇게 살고 싶어

참 신기해요.
내 앞에 앉은 당신

우린 서로
겹치는 부분도 없는 삶이었는데
우연한 인연
정말 순간적인 스침인데
어떻게 서로를 알아보고
마음 주고받으며 사랑하게 되었을까

우리 만남이
참 신기하다는 생각을 하다 보니
당신도 참 신기하게 생겼어
어쩌면 이렇게 내 맘에 꼭 들까.

허전하게 혼자 걷던 시절
내 짝은 어느 하늘 아래서
이렇게 허송세월하고 있는지
살짝, 아니 많이 원망스러웠고
나타나기만 해봐라. 혼내줄 거야 하며
흘러가는 내 청춘을 마냥 아까워했지.

우연히 다가온 인연
우리는 한눈에 알아보고 슬쩍 웃었네.

이렇게 순식간에 마음 주고받을 줄
난 정말 몰랐어.
당신 만나기 전에는
아무리 둘러봐도 어렵기만 했거든
당신이 참 편안하고 좋아

주말 아침
맑게 퍼지며 날아오는 아침 햇살에
한쪽 실눈 뜨며 행복해하고
옆에 잠든 당신 품에 파고들어
잠시 더 포근한 여유를 갖고 싶어
나 그렇게 살고 싶어
당신하고

제목 : 나 그렇게 살고 싶어
시낭송 : 최명자
스마트폰으로 QR 코드를 스캔하면
시낭송을 감상할 수 있습니다.

호젓한 봄날

아지랑이 피어나듯
구불구불한 소나무 숲,
하얀나비 노랑나비가
오솔길을 따라간다.

따뜻한 차 한 잔,
꽃향기 마당바위에서
지난 10년 삶을 나누었다.

소용돌이 인생에서 피워낸
삶과 진실의 꽃밭에서
너울너울 함께
춤을 추고 시를 나눈다.

새카만 노을빛

그토록 모진 세월,
이제야 한번 잘살아 보려 했는데

  하필
  내가
  왜

그렇게 아름답던 서산마루 노을빛이
새카맣게 녹아내린다.

  슬플 땐 마음껏 울고 싶어

흐느끼는 강물에 석양이 물들고
가녀린 태양이 숨는다.

언젠가
다시 떠오를 태양이
흐느끼는 내 가슴에 안긴다.

마지막 잎새

때 이른 북풍한설
와르르 낙엽지고
마지막 잎새 떨고 있다.

몰아치는 눈보라에
휘날리는 곁가지
마지막 잎새 털고 있다.

아희야
계절이 바뀌면
자그마한 풀꽃으로
하늘하늘 피어나렴.

짧은 영화 구경

젊음이 가득할 때는
오늘 내일을 오르내리며 살았는데,
한 세상 살고 나니
이제는 점점 어제 오늘을 오락가락하며 산다.

햇볕 좋은 산기슭에
무리 지어 피어있는 풀꽃 같은 추억들이
이 세상 곳곳에 소담스럽게 피어있다.

풀꽃 한 송이를 바라보면
향기로운 눈길을 보내듯,
추억꽃 한 송이를 바라보면
그리운 동영상을 보여준다.

잠깐 사이에
짧은 영화 구경을 또 했나 보다.

짝사랑

스치듯 가벼운 첫 만남
그때 내 영혼은
그 사람을 따라갔다.

사랑은
행복일까, 고통일까,
아니면 그저 바라보는 것일까

아침에 눈 뜨며 그의 생각
잠자려 눈 감아도 그 얼굴에 당황하지만
길가에 핀 꽃을 보고
아름다운 저녁노을 바라보면
그 속에 피어나는 그의 모습이 반갑다.

떠오르는 너
환하고 아름다워서
내 마음 이렇게 기쁜데
왜 내 가슴은 이다지도 저릴까

까만 밤하늘에
둥근 달님이 떠올라
너의 얼굴 환한 미소 짓는데
문득 바라보면 캄캄한 밤이야

가끔은 너의 친절한 모습 그리며
행복한 오해도 하지만
가끔은 오히려 너를 잊으려 해도
어느새 네가 그립다.

내 속마음 말을 못하고
나는 입술만 깨문다.
내 영혼이 너의 그림자마저 잃어버릴까 봐
이제는 너 없는 허전함
견딜 수 없을 것 같아

그래도
네 생각 할 때
나는 제일 행복해
그런데 나, 너무 힘들다.

어떻게 해야 주파수가 맞을까
오늘은 성능 좋은 라디오를 사 왔다.
저녁내 이심전심 주파수를 찾으려고.

제목 : 짝사랑
시낭송 : 김지원
스마트폰으로 QR 코드를 스캔하면
시낭송을 감상할 수 있습니다.

떠나가는 임

가슴 시린 겨울 하늘 새파랗다.

낮에 나온 조각달은
처마 끝에 고드름 닻 드리우고
하늘바다에 둥실 떠 있다.

떠나가는 임
당실당실 쫓아가는 조각배에
내 사랑 바리바리 실어 보낸다.

파도가 없으니 참 다행이오.
얼른 다녀오시오.

조각달은 벌써 산마루에 올라있다.

수련

아담한 연못,
이제 막 잠을 깬 아침 햇살이
잠이 덜 깬 수련 위로 쏟아진다.

사각사각
수련 꽃잎 열리는 소리,
아침을 맞이하는 예식이다.

함께 몸을 적시며 꽃잎을 여는
수련의 마음 따라
반짝이는 물결 영롱한 색깔 연주한다.

동그라미 물결 그리는
수련 잎 틈새로 청개구리 기어오르고,
수면에 비친 파란 하늘엔
뭉게구름 한가롭다.

연꽃은 수면 위로 훌쩍 떠 있지만 수련은 수면에 붙어있습니다.

산정호수

산정호수는 화려한 가을을 담았는데

정답게 걸어가는 저 연인들은

호수에 담긴 저 깊은 하늘, 큰 산보다

수수하게 웃어주는 미소만 담는다.

이런 친구

아련히 반짝이며
너울지던 억새풀 사이로
한 번 더 손잡고 걷고 싶은 친구,
마지막 기차를 타기 전
돌아보며 작별인사하고 싶을 친구.

바라만 보던
화려한 꽃송이보다
작은 들꽃 같은 친구들이
나는 생각날 것 같다.

한 줌의 땅과 햇살만 있어도
옹기종기 모여
웃음꽃을 피우는 들꽃,

작은 바람 온몸으로 반기며,
찾아온 풀벌레도 진한 향기로 맞이하던
그런 친구가 많이 생각날 것 같다.

오늘따라
투명한 별사탕 모양의
고마리 분홍색 꽃이
반가우이 하며 손을 내민다.

제목 : 이런 친구
시낭송 : 박순애
스마트폰으로 QR 코드를 스캔하면
시낭송을 감상할 수 있습니다.

산에 올라

거친 숨 몰아쉬며 산에 오른다.

거대한 바위 봉우리가
흘러가는 구름 아래
가부좌 틀고 앉아 묵언 수행 중이다.

도대체 어디로 가야 하는가.

산마루에 불어오는 바람을 맞으며
사방을 둘러본다.

까마득한 절벽을 타고 오르는 사람들을 보았다.
무엇이 저들의 피를 저토록 끓게 하였을까
굽이치는 산세를 바라보고
저 멀리 유유히 흐르는 강물도 바라본다.
꼬리를 물고 산에 올라오는 사람들

산마루에 불어오는 힘찬 바람 소리는
삶의 두려움을 날려버리라고 소리친다.

지친 내 모습,
가만히 바라보니
버려야 할 것들이 참 많았다.
불어오는 산바람에 훅 날려 버리고 싶다.

제목 : 산에 올라
시낭송 : 김정애
스마트폰으로 QR 코드를 스캔하면
시낭송을 감상할 수 있습니다.

50

내 가슴에 보이는 것은

온화한 미소
쟁반같이 둥근 달.

달빛이 가득한
내 가슴에 보이는 것은
오직 그대 모습뿐.

내 마음
별똥별 되어
그대 향해 날아간다.

능소화

어젯밤 내리는 비를 보며
담장에 흐드러진 능소화가
밤새 툭 툭 다 떨어져 버릴까 마음 졸였다.

내리는 빗줄기는
그리운 옛 행복에 젖은
희끗희끗한 아버지 마음에도 흘렀다.

단 하나의 사랑
담장 너머로 오실 님,
기다림에 지쳐 툭 하고
떨어져 버렸다는 꽃 이야기

비 그친 이른 아침
담장 아래 수북한 능소화는
오히려 흐트러짐 없는 순정이었다.

단 하나의 사랑
담장 안 가족을 돌보다
비에 젖어 떨어진 아버지,
오히려 가지에 매달린 시절보다
다홍빛은 더 진했다.

비 그친 햇살에 반짝이는 능소화 덩굴은
담장 타고 한 뼘 더 오르고,
담장 아래 수북한 능소화는
힘껏 응원 나팔을 분다.

제목 : 능소화
시낭송 : 박영애
스마트폰으로 QR 코드를 스캔하면
시낭송을 감상할 수 있습니다.

덕수궁 연가

덕수궁 찻집에서
아담한 연못 바라본다.

한여름 뙤약볕에도
갈증 없는 연못가 나무들은
뭉게구름 부채질에
두둥실 춤을 추고
지친 기색 없이 상큼하다.

초록 햇살 반짝이는 수면에는
흩뿌려진 듯 떠 있는
노랑어리연꽃이
동그라미 물결 따라 춤을 추고,
다정한 오리에게 조잘대는
맑은 물 흘러든다.

시원한 찻집에서
나란히 차 한 잔 마시며
한여름 풍경이 된 연인들

풋풋한 생각은
몽롱하게 빠져들고,
바람결에 두둥실 춤추는 나뭇잎 사이로
파랑새 두 마리 날아든다.

 제목 : 덕수궁 연가
시낭송 : 최명자
스마트폰으로 QR 코드를 스캔하면
시낭송을 감상할 수 있습니다.

54

텅 빈 가슴 달래려고

나도 몰래 가는 눈길,
어느새 가 있는 마음,
텅 비는 내 가슴 채울 길 없네.

어느 틈에
다녀오는 시선이,
또 가고 있는 마음 마주치면
차가운 가을비 속을
무작정 걸을 수밖에 없네.

가을비 창가에서
텅 빈 가슴 달래려고
따뜻한 찻잔 두 손으로 감싸보네.

울화통

입술을 꼭 깨문다.
끝없이 눈앞에 떠오르는 장면
더빙되는 말들

그래서
그러니까
그렇다는 말이지
입안에서 왱왱거린다.
도무지 멈출 수가 없다.

달구어진 프라이팬에서
팍 깬 달걀이 소리를 낸다.
짜그르르

그래, 내가 참는다.
가족 간에도 지지고 볶는데
그깟 놈이야 뭐

달걀부침

앞뒤로 팍팍 뒤적이며
소금을 팍팍 친다.

짭짤해도 먹을 만하다.

5월 축제의 밤

아카시아 향을 지나
젊은 날의 추억 라일락 향기 퍼지는
대학 캠퍼스를 찾았다.

때마침, 축제의 밤 노천극장에는
신나는 리듬과 일치된 청춘 함성 메아리친다.
강력한 청춘 열기에
나도밤나무처럼 나도 청춘 되어본다.

풋풋했던 그 시절
인생의 달콤한 맛이라며
라일락 잎사귀의 쓴맛을 보게 하던 친구
젊은 날의 추억들이 생생하다.

그 시절
저 노천극장에 앉아서
나중에 어떻게 살게 될까?
궁금해 하던 추억 속의 젊은 나에게
이렇게 지내고 있다네 하며 쑥스러운 미소를 보낸다.

오랜만에 만난 추억 속 나에게
그래 수고했어 하며
열렬한 사랑, 붉은 장미 한 송이 건넨다.

제천 시장 건널목에서

시장 구경 가는 길이다.
서울보다 큼직한 가게에는
산나물 약재 종류가 많았다.

건널목 신호대기 하는 일행에게
신호 기둥 밑 노점 할머니가
마른 목소리로
이거 한 개 사주 500원언 한다.

자그마한 자색 양배추 몇 개
라면 상자 위에 올려놓은 할머니는

건널목 신호 기둥으로
뜨거운 햇볕을 가리며 앉아있었다.

일행 중 넉넉한 친구가
맛있어요 하며 관심을 보인다.
일행 절반은 이미 건널목을 건넜고
절반은 할머니와 좌판의 채소를 바라본다.

이거 전부 얼마예요
조금 놀란 할머니는 반색하며
이거 전부 4000워언
맛도 좋고 건강에도 좋수 한다.

전부 주세요.
친구들하고 나눠 먹지 뭐
살짝 말리려던 눈길 스쳤지만
친구들은 그래그래
그렇게 하자하며 응원했다.

잠시, 시장 구경하며
순대에 막걸리 한 잔씩 하고
기분 좋게 돌아가는 길,
건널목 기둥 밑
라면 상자 빈 좌판에는
저녁 햇살이 앉아있었다.

제목 : 제천 시장 건널목에서
시낭송 : 최명자
스마트폰으로 QR 코드를 스캔하면
시낭송을 감상할 수 있습니다.

살다 보면 문을 박차고

살다 보면

가슴 쓸어내리는 일이 종종 있다.

어느 하나 균형을 잃으면
전부 뒤집힐 위기가 문고리를 잡는다.
갑자기 낭떠러지 끝 허공에 뜬 발끝을

속수무책으로 바라보아야 하는 상황

기나긴 초침이 돌아가고
절망과 희망이 뒤섞인 경계에서
끝내 절망의 문을 열었던 기억,
그런 절망의 들판을 다시 가야 할지도 모르는
겪어본 두려움에 몸서리친다.

경계선 바로 위에서
짐짓 벗어난 듯 지냈는데
그 들판을 기억하는 것만도 너무 두렵다.

사는 게 늘 물음표 같아
답도 없는데
또 다른 경계인 친구의 독백

답이 없긴 왜 없어
그냥, 내가 처음 겪는 것일 뿐이지.
동병상련의 마음으로 너스레 떨어본다.

그래, 위기가 끝내 문을 연다면
그 벌판에서 벗어났던 경험도 있는데
또 못 벗어나랴

아예, 문을 박차고 나간다.

5월의 숲

5월의 숲 싱그럽다.
연초록 햇살 반짝이는 소리
아카시아 향에 봄바람 설레는 소리
사랑의 세레나데 행복한 새소리
경쾌한 계곡 물소리

숲속 벤치에서
잠시 팔베개하고 망중한을 즐긴다.
편안한 숲 소리에 설핏 잠이 들고
오랜만에
어우러지는 소리 가득한
사람 세상 꿈을 꾼다.

행복한 미소 지으며
설핏 잠을 깨니
반짝이는 초록햇살
나를 간지럽힌다.

바쁠 것 없이
흐뭇한 꿈 꼬리 물고
한 마리 새가 되어 날아간다.

가시에 찔린 장미

퉁탕 퉁탕
골목길 작은 가게
인테리어 뜯겨나간다.
주인이 또 바뀌려나.

퉁탕 퉁탕
마지막 속울음
뜯겨나가는 그 모습이 허랑하다.

타각 타각
인테리어 못 박는 소리
드디어 기대에 찬 개업화환 화려하다.

치열한 생존경쟁
해야 하나 말아야 하나
결국 또 결판이 났다.

퉁탕 퉁탕
골목길 작은 가게
인테리어 또 뜯겨나간다.
축제의 계절이라는 5월,
가시에 찔린 장미가 유난히 새빨갛다.

지지고 볶는 세상

우리는
행복이 넘쳐흐른다는
천국 가기를 소망한다.

험난한 세상 고통 밑천 삼은 천사표 인간 되어
저세상에서는 행복한 천사되기를 소망하며
기도라도 열심히 더 열심히 저축한다.

여기는 천국

화창한 봄날
온갖 산해진미 다 차려져 있고
금수강산에 아름다운 꽃과 나비
돈 걱정, 건강 걱정, 신경 쓸 거리 없이 행복하다.

한 달, 두 달, 일 년쯤 지나니
아 지루해
도무지 견딜 수가 없다.
영원히 이렇게 살아야 한다니
천국에서는 미칠 방법도 없다.

마침내
천국에서 일어난 데모
심심하고 지겨워서 못 살겠습니다.
사는 맛 나는 인간 세상으로

휴가 좀 보내주소!

하느님은
천국의 여론에 못 견뎌
인간 세상으로 한 백 년씩 포상휴가 보내는데
지원자가 너무 많아 천 년은 기다려야
짜릿한 인간 세상 희로애락을 즐길 수 있다고 한다.

이 세상 휴가 끝나고
이제 다시 천국으로 돌아가면
또다시 천 년 이상 지루해 죽어야 하니
천금 같은 인생살이 쓰고 짠맛 즐겨보자

몇 번 왔다 간 친구들은
쓰고 매운 맛의 가치를 알아서
한 백 년을 꽉 채우고 간다더라.

지지고 볶는 이 세상이
천국에서도 천 년을 소망해야
누릴 수 있는 행복이더냐.

속상한 마음

마음 한쪽 구석방에
속상한 마음이 들어와 산다.

가끔은
내가 무시하기도 하고
그놈이 사라지기도 하지만
좀처럼 방을 빼지는 않는다.

자존심 상처 입을 때
세상이 내 마음 헤집을 때
나는 괜찮은 척 너스레 떨어보지만
눈치 빠른 그놈은
어김없이 안방 차지를 하고야 만다.

안방 뺏긴 나는
또 내가 미워서
속상하고 마음 상한다.

나무 그늘에 앉아,
멍하게 떠있는 하늘 바라보다가
얄미운 천사들한테 울화가 치밀어
신발 한 짝을 벗어서
땅바닥을 두어 번 냅다 후려쳤다.

버리고 올 속상한 마음 데리고
영화나 한 편 보러 가야겠다.

제목 : 속상한 마음
시낭송 : 박영애
스마트폰으로 QR 코드를 스캔하면
시낭송을 감상할 수 있습니다.

그와 함께 5월 캠핑

싱그러운 5월 초저녁,
숲속 캠프장 소리
따로 또 함께 어우러진다.

어스름한 호롱 반딧불 아래
캠핑 테이블 마주하고
그와 건배 술잔을 부딪쳤다.

거나한 밤
혼자라면 꺼렸을 캄캄한 숲길.
함께 나선 덕분에
은하수 숲 하늘을 만났다.

반짝이며 다가오는 북두칠성
크고 작은 수많은 별들이
우리와 함께 걸었다.

싱그러운 5월
연초록 햇살 반짝이며
하늘거리는 나뭇잎처럼
우리 마음은 따로 또 함께 어우러진다.

진달래 술잔에 띄우고

봄꽃이 만발한 계절
전망 좋은 아차산을 걷는다.

진달래 가득한 아차산 보루에 앉아
한강 쪽을 내려다본다.
은은하게 반짝이는 큰 강물
둘레둘레 겹치면서 도시를 품은 먼 산들
산들바람 따라 꽃향기 은은하다.

아차산 보루 표지석 바라보며
삼국시대 아차산성에서
고향 땅 그리워했을 병사들
지금도 등 떠밀려 여기저기 마주 선 사람들의
평화를 바라는 속마음 떠올린다.

자연은 이처럼 평화로운데
인간은 자연 일부가 아닌가?
참 복잡한 존재라는 생각이 든다.

순박한 마음에 꽃부터 피는
진달래꽃 한 송이 술잔에 띄우니
연분홍 평화가 춤추듯 나래를 편다.

노부부 봄나들이

야! 참 좋구나
차에서 내려 이렇게 조금 걸어왔는데
나무 바위 바람 물소리 정말 좋다.

봄꽃 수채화 같은 삼각산 자락은
맑은 햇살 향긋한 꽃내음에 상큼하고
송사리 떼 품은 시원한 계곡 물소리
윤기 나게 흐른다.

구순 팔순 노부부 오랜만에 큰 산자락 오르니
생기 꽃망울 터지고
이젠 동네 공원 말고 이렇게 큰 산 다니자 한다.

산을 둘러보는 기분 카메라에 담고
스님이 운영하는 식당에서
연잎 밥 먹고 연잎 차를 마시며
창밖 삼각산 지긋이 눈에 담는다.

가까운 온천 가서
몸과 마음 따뜻하게 데우고 돌아오는 길
흐드러진 연분홍 벚꽃이 흩날렸다.

제목 : 노부부 봄나들이
시낭송 : 박태임
스마트폰으로 QR 코드를 스캔하면
시낭송을 감상할 수 있습니다.

고맙네
저도 고마워요. 건강하셔서

70

버들가지 끝에서

하늘거리는 버들가지 끝에서
사뿐한 봄바람을 본다.

생각해 보면
보이지 않아도
볼 수 있는 것이 많은 세상

근처 숲에서
무리 지어 싸우는 새 소리에
한참 바라보다가
저 새들은 인간 같구나 생각했다.

길다면 긴 인생살이도 일장춘몽이라 했거늘
타고난 금수저도
살면서 흙수저 되는 것 한순간인데
입이 딱 벌어지는 안하무인

잠깐 맡겨진 작은 완장에도
안하무인 설치다가
안하무인 당하지만
꽃향기에 몽롱한 촉새들은 끊임없이 몰려든다.

휘휘 날리는 버들가지 끝에서
황사 바람 보여 잠시 눈을 감는다.

연구논문 1

개들은
주인이 좋아하거나
싫어하는 사람을 안다고 한다.　(나우뉴스)

피식 웃었다.
예나 지금이나 똑 같다.

하얀 꽃 비

아롱진 벚꽃 길 강물처럼 흐르고
다롱진 화사한 마음 강물 따라 흐른다.

노랑 저고리 연분홍 치마
살포시 앉아 사랑하는 임 기다리나,
슬쩍, 꽃처녀 옆에 앉으니
향긋한 꽃내음 퍼진다.

꽃부터 피는 개나리 진달래 보면
마음부터 활짝 열어 주던
그때 그 사람 생각난다.

문득 그 시절 청춘인가 싶어
못 다한 사랑 전하려 해보지만
오래전에 흘러간 세월의 강 마주한다.

아롱진 그리움 강물처럼 흐르고
다롱진 하얀 꽃비 강물 따라 흐른다.

한양성곽 길을 걸으며

600년 흔들림 있는 세월
까만 돌이끼 끼었다.

선명한 자국
희로애락 인생살이 역시
살아가는 행복 아닐까.

멋진 장소에서 사진 찍고
저 건너 우리 삶을 이야기하고,
세월의 흔적 진한 성곽을 손으로 탁탁 토닥이며
아픈 마음 기쁜 마음 추억의 씨앗 심었다.

따뜻한 봄 햇살 반짝이는 날
추억은 꽃이 피고 싹이 돋아
마음속 싱그러운 그늘 될 것이다.
하늘거리는 추억의 그늘 속에서
그때는 그랬지 하며
그렇게 마음의 짐을 털 것 같다.

마음속 추억
꽃망울 터지듯 열리는 봄날 그리며
한양성곽 길 함께 걸었다.

춤추는 학사모

파란 하늘
춤추듯 떠오른 학사모
학사모를 향한 맑은 눈

졸업식 학사모 헹가래 사진 속에서
밝게 터지는 웃음소리 들린다.
후련하고 뿌듯한 순간
힘들게 공부하던 순간
주마등처럼 함께 흐른다.

함께 나눈 추억 가슴에 담고
다가올 인생 맞이하는 따뜻한 눈으로
한마음 모아 학사모 헹가래 친다.

하늘에 띄운 학사모 같이
행복한 내 인생 두둥실 띄우고 싶다.

탐스러운 꽃으로 활짝 피었다

따뜻한 봄 햇살 옹기종기 모인 곳에
탐스러운 꽃 활짝 피었다.

노랑 개나리
연분홍 치맛자락 진달래
하얀 목련, 노란 산수유
이름 모를 하얀 꽃

하루가 다르게 화려해지는 봄날에
따뜻한 햇살 마음 더하니
사람들 얼굴도 마음도 맑아 보인다.

봄 햇살 향해
두 팔 벌리며 심호흡하니
봄 향기 코끝에 싱그럽다.

화창한 봄날
무지개 미끄럼 타듯 태어난 우리 첫 손주,
따뜻한 봄 햇살 옹기종기 모인 우리 가슴에
탐스러운 꽃으로 활짝 피었다.

춤추는 마음 따라

까만 돌담 밭 경계
낮은 무늬로 펼쳐지고,
반짝이는 햇살
노랑 연초록 풀잎
바람결 손 사위로 춤춘다.

까망 돌담 집 경계
나지막한 골목 펼쳐지고,
아롱다롱 햇살 반짝이며
마음 숭숭 돌담 춤춘다.

까망 갯바위
외로운 낚시꾼
물보라 파도 놀이하듯 피하고,
파란 하늘
푸른 바다
하얀 갈매기 춤춘다.

너와 함께 걷는 올레길
춤추는 마음 따라 흐른다.

제목 : 춤추는 마음 따라
시낭송 : 박순애
스마트폰으로 QR 코드를 스캔하면
시낭송을 감상할 수 있습니다.

청계천 겨우살이

얼음 둥둥 청계천
청둥오리 한 쌍이 여울에서 푸드덕 날아가는데
맨발이 빨갛다.

오리 먹이가 있을까
물속에는 아무것도 없었다.
문득 엄동설한에
깃털조차 없는 작은 물고기 생각에
내 몸이 움츠러든다.

저 앞쪽 원앙새 한 쌍이 오다가 휙 돌아가고
이쪽 청둥오리도 가다가 휙 돌아온다
여기쯤이 묵시적인 경계인가

경계지역 그늘진 물살을
알몸으로 견디고 있는
작은 물고기 몇 마리 발견하고
그래도 살아있어서 다행이라고 생각한다.

또 한 차례 한파가 지나고,
얼음 햇살이 머무는 청계천에서
청둥오리와 물고기의 슬픈 눈을 다시 보았을 때
나도 모르게 먹이를 주니
청둥오리 원앙새 솟구쳐 몰려들어
청계천에는 잠시 생동감이 메아리쳤다.

돌아오는 길에
활기 없는 작은 가게 사람들을 보며
청계천 겨우살이 하는
슬픈 청둥오리와 물고기 같다는 생각이 들었다.

따뜻한 봄날을 얼른 맞게 하고 싶었다.

백열등을 켭니다

눈 내리는 밤

외로움이, 그리움이
하얗게 내 가슴에 내리면
따뜻한 백열등을 켭니다.

내 임이
빨간 썰매 타고
따뜻한 내 마음 찾아올 것 같아서요.

풍각쟁이 엿장수

절겅 척 절겅 척 절겅절겅 척 척

한겨울 퇴근길
지하철 입구 나오니
신나는 노래와 절겅대는 리듬이
눈길을 사로잡는다.

불 밝힌 손수레 엿판,
흥겨운 스피커 노래를 배경 삼아
각설이 분장한 사내가
엿장수 가위 리듬으로 절겅대며
춤추듯 크게 팔을 휘둘러
엿판의 엿을 툭, 툭 친다.

절겅 척 절겅 척 절겅절겅 척 척

무작정 엿을 자를 수도 없어
자른 엿을 리듬에 맞추어 뒤섞으며
빠른 눈길로 손님을 찾아본다.

각설이 분장에 마음 숨기고
한겨울 찬바람만 종종걸음 치는데
  엿 하나 주세요
분장한 얼굴에 환한 미소 피어난다.

관동팔경 월송정

가을 해가 짧은
노을 녘에 도착했다
탁 트인 바다 보고 싶어 달려갔다.

투명하게 출렁이는 초록 바다
긴 백사장 따라 하얀 물보라 꼬리를 물고
파도를 보고, 수평선, 하늘을 보니
달님이 나를 마중 나온다.

관동팔경 월송정에 올라
옛 선비 마냥 시 한 수 떠올린다.

노을 지는 숲에서
내 가슴으로 불어오는 바람결에
나도 한 그루 붉은 소나무

소나무는 높은 산 절벽 바위틈
바닷가 짠 모래밭에도 자리 잡는다.
칼바람 눈보라, 타들어 가는 가뭄,
태양에 비록 무릎을 꿇을지라도…

그런 소나무가
바다에서 환하게 떠오르는 둥근 달을 품는다.
나도 모르게 두 팔을 펼치고 환한 달을 품는다.

제목 : 관동팔경 월송정
시낭송 : 김지원

스마트폰으로 QR 코드를 스캔하면
시낭송을 감상할 수 있습니다.

한라산 영물 까만 새

높지 않은 듯
부드러운 능선이지만
칼바람 눈꽃 덮인 고산평원

하얀 평원
파란 하늘
까만 새 난다.

윗세오름 대피소에
까마귀 한 무리가 있다.

가끔 누군가
허리 높이 나무 위로
먹이를 하나씩 던지면,
까마귀 한 마리씩 나무 위로 올라와
낚아채서 물고 간다.

혼잡 다툼
줄서기도 깍깍거림도 없다.
한겨울 먹이 앞에서...

한참 동안
까만 새를 바라보며
떠오르는 사람들을 바라다본다.

단풍낙엽

가을 아침 떠오르는 태양
퍼지는 부채꼴 햇살에
울긋불긋 피어나는 단풍낙엽 길.

알록달록 떨어져 누운 아쉬움 달래주고파
모양모양 주워본다.
버리려던 조금 못생긴 낙엽
그래도 한쪽에 담아둔다.

햇살 따스한 계절
다시 멋지게 피어나렴.

작은 촛불 하나

사노라면
내 마음 같지 않게
살아야 하는 때가 있다.

열심히 살면 다 할 수 있다고
지성이면 감천이라고
나무토막 같은 이야기들 하지만
사실 그렇지 않을 때가 많다.

그 간절한 기도에도
그 절절한 애원에도
끝내 기본적인 소망을 이루지 못하는 영혼들 위해
정성껏 작은 촛불 하나 켠다.

마음의 신호

꾸준히 날아온다.
500회 메시지가 왔다
몇 년 동안 보내게 된 사연과 함께…

　세상 사람을 향해
　내가 오늘 살아있어 감사하다는 신호로
　궁리 끝에 보내게 된 유머
　오늘로 500회가 됩니다.
　그동안 더는 방법이 없다는 말을
　여러 번 들었습니다.
　이제는 내 이름자도 가물거리고
　내 평생이 기억에서 대부분 사라졌지만
　이 세상에서 함께 할 수 있는 시간을
　조금은, 조금은 더 갖고 싶습니다.
　고맙습니다.
　오늘 내가 이렇게 살아있다는
　마음의 신호를 받아주셔서…

그동안
바람에 날리는 낙엽 같던 메시지가
홀로 핀 작은 들꽃으로 다가온다.
꽃이 피어있다는 신호가 또 왔다
따뜻한 미소를 보내니
다시 바람결에 꽃향기 날아온다.

제목 : 마음의 신호
시낭송 : 김지원
스마트폰으로 QR 코드를 스캔하면
시낭송을 감상할 수 있습니다.

두타연

화려한 계절에
민통선 두타연을 찾았다
이름 모를 비목의 고향

오후 5시
모든 민간인이 나가고
둥근 달님이 들어섰다

하얀 달빛은
금강산 계곡물 흘러오는
두타연 은물결 소리로 부서지고,
열목어도
청정한 달빛에 취해
고향 땅 그리며 눈 붉힌다.

두타
속세의 번뇌를 버리고
청정하게 불도를 닦아야 하는 이곳,
절벽의 산세에 달님의 전령인가
산양의 무리가 야간순찰을 한다.

친정 나들이

지방에 둥지를 튼
작은 딸네가 온단다.
겸사겸사 연휴를 지내러

딩동-　왔다-
나는 듯 달려나간 엄마와 딸은
잘 지냈는지 서로를 한눈에 점검한다.

명랑한 목소리
찰떡같은 엄마와 딸은
그리움 꽃차 향 우려내고

오느라 힘들었지
침대에서 함께 뒹굴뒹굴하며
쉼 없이 웃고 떠들다가,
나란히 토막잠 들고
주고받는 작은 코골이 평화롭다.

달도 별도 따다 준다더니

내 마음 알지
내가 왜 이러는지

　몰라

아니 왜 몰라
어떻게 모를 수 있지

　난 정말 몰라

모르는 거야
모르는 척하는 거야

　말을 해야 알지

달도 별도 따다 준다더니
코앞에 있는 내 마음도 따지 않는다.
남의 이야기인 줄 알았다.

가을 달밤

컴컴한 방
팔베개하고 누우니
창밖에 보이는 둥근 달

노란 달빛
하얀 달빛
푸른 달빛이 퍼진다.

창밖에서
들이치는 달빛에
텅 빈 내 가슴 드러나고

놀라서 채울 것 찾아 두리번거리다가
고향
부모님 기억
그리운 갈증을 담는다.

가을 버스를 타고

맑은 하늘
깃털 구름
투명한 햇살이 좋아
땅속 지하철 대신 시내버스를 탄다.

가을바람
가을 냄새
가을 도시를 마주한다.
오랜만에 보는듯한 거리풍경,
스쳐 지나가는 모습이 정겹다.

맑은 햇살에 반짝이는 한강 물
깨끗한 도시를 본다.

가까이 봤을 때
가슴 뭉클한 삶이 있듯이
멀리 보아야 아름다운 것도 있다.

살아가는데
집중해야 할 때도 있지만,
가끔은
화창한 날 가을 버스를 타고
한가하게 산들바람을 맞기도 해야 한다.

숲속 이방인

6월 초여름
야영 텐트 차에 싣고
어수선한 도시를 바람처럼 떠났다.
울창한 계곡 숲 소리에
마음이 푸근하다.

멋진 안주
붉은 포도주, 포도주잔으로
도시를 잊으며 도시를 차렸다.

계곡 물소리 자장가 삼은 텐트는
밤새 쏟아진 장대비 드럼소리에
도시를 못내 그리워했다.

찌빗 찌빗, 삐앗삐앗삐앗,
보보보보, 빠빠라삐아
비 그치고 동트기 직전, 숲은 일제히 깨어나고

끝내 숲이 되지 못한 숲속 이방인은
떠나온 도시를 그리며 진한 커피 향을 찾는다.

그 누가 알랴

가슴에 갈바람이 분다.
눈부신 억새의 흔들림을 보아도
내 마음은 마른 풀섶 같다.

사람의 마음을
바람에 흔들리는 갈대라고 했던가
사랑 찾는 벌 나비라고 했던가

이 꽃 저 꽃 넘나드는 모습
이젠 참을 수 없어
먼 하늘을 바라본다.

하늘에 비친
억새의 흔들림 속에
풋풋했던 그 시절 어른거리고
속절없이 뜨거운 눈물만 흐른다.

내 순정을 그 누가 알랴
문득 불어오는 뭉근한 바람에 두 눈을 꼭 감는다.

슬퍼 마라 황혼이여

평생 걸어온 나지막한 언덕에서
눈시울 붉히며 지는 해 바라본다.

붉게 물든 태양,
다홍빛 양떼구름
아름다워 더욱 처연한 황혼이다

서산마루 태양이여
힘없이 고개 떨구지 마라.

뜨겁게 타오르던 그 태양 아니던가.
이렇게 붉게 물든 황홀한 태양이 아닌가.

지난 세월 돌아보면
꿈결 같지만 꿈결 아닌 세월,
기억 저편으로 사라졌지만
점점 또렷해지는 그리움이다.

슬퍼 마라 황혼이여
그대 향한 그리움은
또렷한 샛별 되어 영원히 반짝이리.

제목 : 슬퍼 마라 황혼이여
시낭송 : 문익호

스마트폰으로 QR 코드를 스캔하면
시낭송을 감상할 수 있습니다.

속 깊은 눈물

기나긴 인생살이
어찌 좋은 세월만 있겠는가.
흐느낄 때
눈물도 안 나올 때
엉엉 울고 싶을 때도 있다.

수없이 굴러다니는
원망 좌절의 실타래
처음부터 불공평하다는 세상
사연 많은 이 땅의 서러운 가슴마다
속 깊은 눈물 고여 있다.

슬픔 기쁨의 눈물,
한 많은 영혼의 억장도
풀 수 있다는 참회 용서의 눈물

우리 한번 한바탕 울자.

서러운 가슴에 맺힌
응어리를 녹여버릴 수 있지 않을까
흐느끼며 엉엉 울 수 있지 않을까
욕심, 이기주의도
흘려버릴 수 있다면 참 좋겠다.

후련하게
마주 보며 웃기 위해
그 세월을 떠나보내기 위해

나는 한바탕 울련다.

제목 : 속 깊은 눈물
시낭송 : 박영애
스마트폰으로 QR 코드를 스캔하면
시낭송을 감상할 수 있습니다.

여름 숲

쏴아 쏴아
시원한 소낙비,
더위에 지친 여름 숲 적신다.

반가움에
나뭇잎 찰랑거리고
하얀 함성 내지르는 계곡 물
나도 영롱한 빗방울 향해 손을 내민다.

가만히 들어보는 숲 소리
숨은 그림 같은 친구들
비 그치니 온갖 새들 노래하고
하나하나 흉내 내본다.

찌빗찌빗 보보보보
빠빠라삐아 삐앗삐앗
개성 있는 새소리에 터지는 웃음.

문득
온갖 새소리에는
아우성이 없다는 생각이 든다.
욕심 없는 숲 친구들 함께하니 이렇게 편안한가.
어스름에 호롱 반딧불 켜고
우리도 편안한 숲 친구 되어본다.

제목 : 여름 숲
시낭송 : 박태임
스마트폰으로 QR 코드를 스캔하면
시낭송을 감상할 수 있습니다.

눈치 없는 그 남자

내 이름 순이
정성껏 꽃단장한다.
오늘은 그 사람과 스치듯 함께 있을 수 있는 날이다.

함께 있어도 보고 싶고
오직 그 사람에게 잘 보이고 싶은 마음뿐인데
나는 왜 그 사람 앞에만 서면
마음에도 없는 말과 행동을 할까

'아니요' 소리부터 나온다.
속마음은 '그게 아니고요' 하며
수없이 조바심 쳐보지만
역시 모른 척, 안 그런 척해진다.

좋아해요 소리 한번 제대로 못 하고
사랑 앞에서 솔직하지 못한 내숭으로
끝내 놓칠까 봐 용기 내어
뒤늦게 새살거리며 애를 써보지만
눈치 없는 그 남자가 아쉽다.

돌아오는 길에
소주 몇 잔 들이켰다.

초록별

산과 하늘
가슴에 품은
맑은 저수지 옆 계곡에
해맑은 부부가 만든 3층 높이 둥근 별

밤하늘 보며
우리 한잔할까 하는 초대에
먼 길 달려온 오랜 친구들

약초 향 은은한 숯불갈비 연기 따라
흐뭇한 옛이야기 피어오르고,
큰 눈 깜빡이는 밤하늘 별 따라
친구들 마음 반짝였다.

맑게 빛나는 초록별 안에서
옛 노래 추억 따라 흐르고,
초록별에는 밤새 은하수가 흘렀다.

차라리 귀를 막다

아침 햇살 빛나건만
뒤엉킨 소식 들려온다.

모든 것이
음모라는 아우성
모함이라는 메아리

너의 성공 나의 실패
너의 좌절 더 없는 나의 행복이라는
너무도 이기적인 사람들

외면하고 눈 감으려 해도
이용당하는 순박한 불꽃들이
안타까워 견딜 수가 없다.

정말 불가능할까
세상 역사 철학 다 뒤져도
단 한 번도 없었다.
진정 풀꽃을 위한 시대가

차라리 내 두 귀를 막고
뒤엉킨 뱀 뚜르르 굴려버리니
아침 햇살 맑고 평화롭다.

살다 보면

살다 보면
콱 막힌 인생길에 서 있을 때가 있다.

너무나 소중한 사랑이가 희망을 외면한다.
어찌해야 하나
갈팡질팡 캄캄한 상황.

생각
몸부림
도우심으로 벗어날 수만 있다면
절박한 자책으로 안타까운 어버이.

반딧불 되어
희망 찾아 날아다니며
사랑이 어깨에서 까막까막 불 밝힌다.

절망에 빠진 아이를 바라보는 어버이를 보며…

노부부 캠핑

야~
이제는 우리도
얼마든지 캠핑 다닐 수 있겠다.

휴양림 야영 데크에
텐트를 직접 설치한 구순 팔순 노부부
새로운 가능성에 환호한다.

아직도 마음은 청춘
몸도 쓸 만한 단풍,
캠핑 살림 차리고
붉은 와인 건배하며 숲속 정취를 즐긴다.

근처에
천문대가 있는 밤하늘엔 별이 총총했다.
반짝이는 별
푸근한 숲 소리
오랜 추억에 빠져든다.

촉촉한
아침 숲길 영롱한 이슬 빛나고,
노부부 가슴엔 초록 햇살 반짝인다.

서촌 골목길

아이스커피 손에 들고
친구와 걷는 서촌 골목길,
이상 시인의 집
이제는 문화재가 된 골목골목 집
오랜 세월 숨 쉰다.

예쁜 간판 작은 상점들
작은 저 가게에서 돈벌이가 될까
그냥 스쳐 지나가는 사람들 본다.

좁아서 붙어 걷는 골목길
작은 꽃 행인 눈에 흐드러지고
옛 흔적에 저 때는 이야기꽃 피어난다.

골목 끝에 문득 펼쳐지는
왕기 서린 인왕산, 수성동 계곡 둘러보고,
산을 향해 한참
마을을 향해 한참
나란히 나무계단에 앉았다.

제법 시원한 산바람이 내려 불 때
세월을 털며 일어섰다.
서촌 골목길, 흐드러진 작은 꽃 함께 보며
만두가게 작은 문 드르륵 연다.

제목 : 서촌 골목길
시낭송 : 최명자

스마트폰으로 QR 코드를 스캔하면
시낭송을 감상할 수 있습니다.

104

사라진 뱀탕집 덕분에

지난 세월
전국 곳곳에 뱀탕집이 구석구석 있었는데
이제는 거의 모두 사라진 것 같다.

그래서인지 요즘은
어디에나 뱀이 많이 돌아다닌다는 소식이다.
뱀 종류도 가자가지 많다고 한다.

낙엽 밟는 소리

울긋불긋 단풍에 취해
오솔길을 홀로 걸었다.

화려한 가을 햇살 가슴에 담고서
떨어져 누운 고운 미련 눈여겨본다.

사각 사각
마른 낙엽이 내 발걸음에 스치는 소리
문득 내 마음에서도 낙엽 밟는 소리가 들린다.

마른 낙엽 오솔길을 걸으며
내 마음 길을 걸었다.

사각 사각
따뜻한 손을 잡고 둘이 걸었다.

5월 달팽이

윤기 자르르한 달팽이가
텃밭 채소에 붙어 왔다.
화분으로 옮겨주는 데도
뾰족이 내민 더듬이 살랑이며
천천히 당당하게 간다.

다음날
달팽이 먹이 상추 잎에
따다닥 붙어있는 새끼달팽이

5월 달팽이를 보며
문득 나도 달팽이가 되고 싶다.

세상의 감동을 찾아
시 더듬이를 살랑이며
예쁜 시를 따다닥 낳고 싶다.

이제는

사랑이 깊어
사랑이 깊어
마음 아프다는 말
이제는 알 것 같습니다.

당신 사랑 이토록 애틋한지
내 사랑 이렇게 깊은지
난 정말 몰랐습니다.

아픔이 오기 전까지
난 정말 몰랐습니다.

반짝이는 작은 들꽃이
이토록 아름답게 애틋하게
내 가슴 파고드는지
이제는 압니다.

화려하게 핀 꽃보다
초록 햇살 반짝이는
5월의 나무가 더 좋습니다.

화려하게 떨어지는 꽃송이보다
싱싱하게 돋아나는 초록 잎이
이제는 더 좋습니다.

채워도 채워지지 않던 내 마음
이제는 아주 작은 기쁨에도
흘러넘치는 내 가슴을 봅니다.

사랑이 깊어
사랑이 깊어
이렇게 행복한 세상
이제는 행복하게 살겠습니다.

제목 : 이제는
시낭송 : 최명자
스마트폰으로 QR 코드를 스캔하면
시낭송을 감상할 수 있습니다.

조바심

봄날이기를 바랐는데
찬바람 훅 분다.

해야 하나 말아야 하나
이러지도 저러지도 못하는
딱 그 선이다

모래성에 파도 몰려오는 순간
모래성이 견딜까 허물어질까
조금만 힘을 보태주면 될 텐데
그를 바라본다. 마주치지 못하는 눈길

야속한 마음
아니야 외면하지 않을 거야
해야 하나 말아야 하나
도와주겠지 외면하려나

내 가슴 시소를 탄다
점점 드높이 널뛴다.

얼굴 드니 맑은 하늘
단옷날 그네를 타듯
바람에 훅 날려버린다

제목 : 조바심
시낭송 : 박영애
스마트폰으로 QR 코드를 스캔하면
시낭송을 감상할 수 있습니다.

110

연꽃

새벽 물안개 따라
그윽한 향기 퍼지고,
퍼지는 햇살 따라
연분홍 맑은 빛 담는다.

연못 개흙에 뿌리내리고 있지만
흠 없는 고아한 자태.
시들거나
물 위에 떨어진 모습
그 누가 본 적이 있는가?

가슴에
한 송이 또 한 송이 꽃 피우는
연못을 바라본다.

아픈 행복

갑자기
이승경계에 머무른 연꽃봉오리

하늘이시여 왜요 왜 ...

정말 고통을 모를까
손을 부여잡고 하늘만 쳐다보다가
가슴은 개흙이 되었다.

그래도
매달릴 하늘이 있어 감사하고
그렇게 버틸 수 있어 감사하다고 한다.

앞날은 하늘에 맡기고
꽃봉오리 행복을 위해서
순간순간 행복하소서.

이별

엄마가 멀리서 오셨다.

오랫동안 시들하셨는데
활짝 핀 목련꽃처럼 오셨다.

　나 하룻밤 자고 가마

풍선 든 아이들 같던 그날 밤
둥실 날아간 하얀 목련꽃처럼
친정엄마가 가셨다.

새로 맞이할 봄

예순
이제 남은 인생길은
생기 없는 겨울뿐인가

나는 거부한다.

지나온 인생 돌아보니
봄 여름 가을 겨울 모두 있었다.
짊어지고 견디며 열심히 걸었을 뿐이다.

지난 세월같이
짊어지는 부담 없이 내 인생을 살 수 있는
아직 남은 30년 어쩌면 40년을 바라본다.

한바탕 경험하며 지나온 세월을
다시 걷는 길이다.
다시 맞이할 봄, 여름, 가을, 겨울
나는 가벼운 몸으로
내 인생의 오솔길을 걸을 것이다.

꽃피고 새 지저귀고
연초록 햇살로 채워지는 봄
계곡 물소리 매미 소리
짙푸른 초록 햇살 폭풍 같이 감싸는 여름

잘 익은 가을을 거두어들이는 분주함
울긋불긋 화려한 햇살이 나를 감싸고
나 너 좋아해
부끄러워 하얀 이불 폭 덮고
내발걸음을 소리로 반기는 겨울을 맞고 싶다.

새로 맞이할
봄 여름 가을 겨울
나는 가슴 설레며 성큼 들어선다.
너와 함께

제목 : 새로 맞이할 봄
시낭송 : 박순애
스마트폰으로 QR 코드를 스캔하면
시낭송을 감상할 수 있습니다.

도봉산

도봉산 외딴 산마루
웅장한 산세 드러내고,
문득 살아 움직이는 능선은
큰 독수리 형상이다.

힘차게 날아올라
단숨에 먹이를 움켜잡고
내지르는 휘- 환호 소리.
온 산을 휘돌아 거센 바람 되었다.

영지를 살피던 독수리
당당한 위세 드러내고,
살아있는 도봉산
독수리 산세가 용솟음친다.

기다림

기차역에 들어섰다.

기다림호
섭섭함호 보내고

결국
미련의 열차 탄다.

터널을 지나면
행복호 막차가 있을까.

공원 산책을 하며

구름 빛 고운 노을 녘,
산책길에는
세월을 거슬러 오르고 싶은 마음들과
순리대로 살고 싶은 마음들이 어우러진다.

걷거나 뛰거나 천천히 즐기는 사람들,
구불구불 좁은 오솔길에서
하늘 땅 바람 평화를 느낀다.

오솔길 벗어나니
다홍빛 노을에 빛나는 홍송 한 그루

아! 나는 어디 가고
아름다운 너만 홀로 서 있는가?
허전해지는 마음 달래본다.

노을이 시들면
도시의 불꽃이 피어나듯
인생 한 구비 시들면
또 새로운 불꽃이 피어나리.

내 삶의 영웅

희망이 보이지 않는 상황
두려움을 용기로 바꿔야 했다.

분명한 목표와 따뜻한 가슴으로
영웅 홀로 이겨내야만 했다.

그제야 합류하는 그들
그리고 함께하는 그들
그러나 그들은 질투했다.

언제나 어려운 시대
한두 번쯤 겪는 인생 곡절에서
홀로 앞장서야만 하는
내 삶의 영웅은 바로 나다.

겨울 바닷길

몸부림치며 달려드는 겨울 파도
끝없이 부서진다.

겨울 바닷길을 홀로 걷는 나
헤어나기 힘들다는 인생 곡절에 빠진 나
끝없이 무너진다.

벗어 날 수 있을까?
나도, 나갈 수 있을까?
그 사람들은, 정말 헤어났을까?

타바악 타바악
하-얀 두려움, 검은 희망, 절대 고독
버티며 간다.

내 몸 내 마음이 비워질 때까지
비워진 것 같을 때까지
부처님께 삼천 배 하듯

타라락 타라락
땅바닥 목탁 소리 버리며 간다.

아! 아직은 답답해-
끝내 떨어지지 않는 덩어리들
슬며시 부여잡고

바람 보고, 파도 듣고, 굽이굽이 올레길
그래! 견디면 희망이 있다니 다행이다.
그리고 네가 있어 고마워

토다악 토다악
내 마음 덮으며 간다.

제목 : 겨울 바닷길
시낭송 : 박영애
스마트폰으로 QR 코드를 스캔하면
시낭송을 감상할 수 있습니다.

개나리꽃

활짝 핀 개나리
꽃에서 눈을 뗄 수 없는 따스한 햇살

봄을 여는
꽃망울 속에
아리아리 봄이 들었다.

개나리꽃 옆에서
폭신한 봄볕을 즐기는 할미와 손주
마음에도 노란 봄이 핀다.

오고가는 눈 맞춤
손주를 간지럽히는 할미의 눈웃음과
손주의 꽃재롱은
개나리꽃과 포근한 햇살 닮아간다.

목련꽃

이른 봄
흔들리는 빈 가지
솜털 뽀송한 아기 새들 날아와
포근한 햇살 꿈꾼다.

그 자리 가득 앉아
고고한 자태로 우아하게 머물다
흰 깃털 털어내며 날아가 버린 하얀 새.

날아간 빈자리
연둣빛 그리움 그림자 되어
말없이 내려앉아

하얀 새 꿈을 꾼다.

제목 : 목련꽃
시낭송 : 박순애
스마트폰으로 QR 코드를 스캔하면
시낭송을 감상할 수 있습니다.

꽃 피는 계절

내 인생의 꽃은 어떤 모습일까
향기는 좋을까
예쁠까

따뜻한 봄날에 활짝 필 꽃
행복한 꿈꾼다.
그러나 힘이 드는 세월
물속을 걷는 삶이다.

이미 지나간 내 청춘, 꽃피는 계절
내 인생의 꽃은 피기나 할까
답답한 마음 달래고자 가을 들길을 걸었다.

아- 지천으로 꽃이다.
꽃은 봄에만 피는 게 아니었다.

인생살이 이렇게 간다

전화가 왔다.
한참 동안 이것저것 이야기했다.
그런데 자기가 무슨 일 때문에 전화했는지
기억이 안 난다고
처음에 무슨 이야기부터 했었냐고 나한테 묻는다.
나는 그냥 웃었다.
결국, 둘이 같이 웃었다.
내가 그것을 어떻게 기억한담.
생각나면 다시 전화하자고 했다.

인생살이 이렇게 간다.

흐르는 강

흐르는 강 물결 바라보다
세월의 강을 바라본다.

따뜻한 봄날 물비늘 반짝이며
물새들이 노닐던 강.

홍수로 거칠게 소용돌이치며
온갖 것들이 떠내려 오던 모습.
화려한 유람선이 힘차게 물살을 가르고
황금물결 너울지던 노을 강.

도도히 흐르는 강
강에는 수많은 세월이 있다.

옛 시인이
돌아오는 강물은 보이지 않고
흘러가는 강물만 보이는구나 노래했지만

흘러가는 강은 떠나보내고
흘러오는 강을 바라본다.

대보름 달집

점점 커지고 간절한 소망에
점점 높아지는 대보름 달집.

환호 소리에 맞추어
제주 오름 하나가
거센 바람 타고 통째로 불타오른다.

올 한해 좋은 일이 불같이 일어나라
나쁜 일은 저 불길 속에 사라져라 하며
사람들은 달님에게 소원을 빌고...

정월 대보름달님은
뭔 일이래... 하며
해맑은 얼굴로 내려다보고 있다.

이.제.는

문익호 시집

초판 1쇄 : 2018년 6월 15일

초판 2쇄 : 2018년 7월 16일

지 은 이 : 문익호

펴 낸 이 : 김락호

디자인 편집 : 이은희

기 획 : 시사랑음악사랑

인 쇄 : 청룡

연 락 처 : 1899-1341

홈페이지 주소 : www.poemmusic.net

E-Mail : poemarts@hanmail.net

정가 : 10,000원

ISBN : 979-11-6284-021-4